춤

춤

박 형 준 시 집

창비

차례

빛의 소묘

누가
발자국 속에서
울고 있는가
물 위에
가볍게 뜬
소금쟁이가
만드는
파문 같은

누가
하늘과 거의 뒤섞인
강물을 바라보고 있는가
편안하게 등을 굽힌 채
빛이 거룻배처럼 삭아버린
모습을 보고 있는가,
누가
고통의 미묘한

발자국 속에서
울다 가는가

춤

첫 비행이 죽음이 될 수 있으나, 어린 송골매는
절벽의 꽃을 따는 것으로 비행 연습을 한다.

근육은 날자마자
고독으로 오므라든다

날개 밑에 부풀어오르는 하늘과
전율 사이
꽃이 거기 있어서

絶海孤島,
내리꽂혔다
솟구친다
근육이 오므라졌다
펴지는 이 쾌감

살을 상상하는 동안
발톱이 점점 바람 무늬로 뒤덮인다
발 아래 움켜쥔 고독이
무게가 느껴지지 않아서

상공에 날개를 활짝 펴고
외침이 절해를 찢어놓으며
서녘 하늘에 날라다 퍼낸 꽃물이 몇동이일까

천길 절벽 아래
꽃파도가 인다

동면

사슴벌레 한마리 눈밭을 기어간다
바람에 날리는 눈발이
멀리서 무지개로 부서져 내린다

햇빛 너무 환해
눈밭을 헤치고 나온
사슴벌레 한마리
두 뿔로
공중에 뻗은 나뭇가지 끝
무지개 치받는다

허연 河床 같은 낮달이 흘러가고
까맣게 빛나는 두 뿔에
봄은 오지 않아도
봄은 온다

꽃이 필 시간

공중에서
어디론가 하염없이 떠밀리는
쓸쓸한 듯
꿈꾸는 듯
하나 둘 켜지는 불빛들

위로 위로 솟구치는
산동네의 불빛들
거대한 새의 날개에
점점이 박혀 있는 산과
산맥들

쫙 펴진 날개 속을
부지런히 오르고 있는 사람
거친 숨을 몰아쉬며
입에서 하염없이
떨구어지는 비늘들

저녁 꽃밭

밥 짓는 연기여
살 타는 냄새가 난다

지붕에 뿌리 내린
풀꽃을 위해
풀꽃이 바라보는 풍경들 위에
막 눈을 뜬 세계를 풀어놓았으니,

아궁이에서
일렁이는 불길이
얼굴을 적셨으니
타고 남은 재를
흙바구니에 담아
공중에 흩뿌려놓았으니
수만개의 별빛이
하늘과 호흡하는
너의 폐부 속으로 스며들었으니

숨을 내뱉어라

올라가서 올라가서 이제,

바람에 뒤척이는 꽃밭이 되어라

칸나

1

여행지에서 돌아오는 날이었다
밤바다에서 파도소리를 들었다
해변에 밀려드는 파도만이 어둠속에서 빛났다
횡단보도 앞, 차창 밖에 멈춰 선 풍경을 바라보았다
화단에 칸나꽃이 피어 있다 박명이었다
칸나꽃 사이로 털이 하얀 개 네 마리가 일렬로 걸어가
고 있었다
서로의 항문에 코를 대고 칸나꽃 사이를 지나가고 있
었다

2

여행을 떠나는 날이었다
버스 정류장에 서서 칸나꽃이 핀 화단을 바라보았다
미명이었다 도로 가장자리에 고양이가 네 발을 쳐든

채 칸나꽃을 바라보고 있었다

　초승달이 들어 있는 고양이의 눈은 조리개가 흐려졌다

　도로에 새벽을 관통하며 차들이 달려간다

　떨리는 빛들 속에 핏자국이 점점이 뿌려져 있다 칸나
꽃이었다

　지독한 피냄새가 공중에 배어나고 있었다

싸리꽃

싸리꽃 주고 싶어
향기가 진해서
너 발자국 밑 쫓아다니면서라도
주고 싶어

수리조합 둑방 풀이 유난히 푸르다
사람들이 오누이를 에워싸고 있고
무릎 꿇고 고개 숙인 소녀의 모습
수리조합 물살에 떠내려간다
물에서 건져낸 오빠의 얼굴
풀물 들어서, 소녀는 얼굴이 발그레하다
동그랗게 에워싸고 있던 사람들과
입맞춤과
지는 해와
풀물 들어서

수리조합 둑방

방아깨비 발에 하늘 들려 올라간다
태풍 지나간 후에 더 진해진
싸리꽃 냄새

오리

먼동이 튼다
강물이 언 줄도 모르고
오리는 빛이 쏟아지는
저쪽을 바라본다

물을 젓던 갈퀴를
그대로 강물 아래 놓고
불안의 긴 목을 빼든 채
눈발 사이에 떠 있는 빛 같은
털을 바람에 흩날린다

빛이
눈 내린 강 위에
부서져나갈 때
무지개처럼 울고 있었던가

어스름 새벽

섬을 쓸었네 늙은 청소부의 굽은 허리에 귀맑은 들판이 열리네 그의 단아한 목가가 발밑에 수북이 쌓여 있네 은행잎 한장 한장마다 벼들의 수런거림 스며 있네 늙은 청소부는 고개를 수그리고 벼들을 바라보네 그는 낫질하듯 낙엽을 쓸었네 공중에 멈춰 선 연기가 되네 들판마다 불이 오르는 풍경 가까이 허리를 굽히네 그리고 그는 환한 얼굴로 벼 밑동처럼 남은 어스름 새벽을 리어카에 쓸어 담네

미루나무

故 조경호

여름내 미루나무가
둥글어지더니
반짝거리는 새를 숨겨놓더니
상강의 서리에
눈부시더니,
공중에 헐벗은 새집만
덩그러니 걸려 있구나

오늘은
그 아래서 개 한마리
미루나무 잎사귀를 툭툭 치며
놀고 있단다
바람이 저만큼 날리면
개는 귀를 쫑긋대며
앞발로 지그시 잎사귀를 누르며
냄새를 맡아본다

무성한 꿈은
서리에 빛나며 헐벗더니
공중에 새집으로 남아 있더니
깃털이 떨어지더니
오늘은 저렇게,
바람 속에서 순하게 놀고 있구나

먼 마을로 떠난 새여
자욱한 저녁연기 속에서
다시 태어나라
잠깐 바람이 불거든
미루나무 아래서
개 한마리가 연신 뛰어오르며
사그라지는 서리에 절하는 줄 알아라

황새

눈보라 치는 밤이었다

보퉁이를 손에 꼭 그러쥐고
서울역 광장 역처마에 서서
노인 하나가 정신없이 길 건너 빌딩의 유리창을 바라
보고 있었다
기차를 기다리는 것일까
자신의 침과 먼지로 번들번들 빛났을 누더기
오리발 갈퀴처럼 땅바닥을 비비며,
눈보라 속에서 그 하얀 깃이 끌리는 것이
멸족한 새의 환영 같았다

눈보라에 앞뒤로 흔들리는 모습이
제 부리를 길 건너 빌딩의 유리창에 콕콕 가져다대는
시늉처럼 보였다

이런 밤에 고향을 그리다가

불빛 속에 집을 지으려 길 건너쪽으로 날아갔던 것일까
보퉁이를 손에 꼭 그러쥔 노인의 모습이 희미하게 보
이다가,
다시 눈보라 속에 지워진다
포도에 흩날리는 눈발이
새가 수면에 남긴 발자국처럼 바람에 사라진다
유리창에 가라앉은 수면에 끊임없이
끼룩대는 불빛들,

겨울밤이 매섭다

地平

석유를 먹고 온몸에 수포가 잡혔다.
옴팍집에 살던 때였다.
아버지 등에 업혀 캄캄한
빈 들판을 달리고 있었다.
읍내의 병원은 멀어,
겨울바람이 수수깡 속처럼 울었다.
들판의 어디쯤에서였을까,
아버지는 나를 둥근 돌 위에 얹어놓고
목의 땀을 씻어내리고 있었다.

서른이 넘어서까지 그 풍경을
실제라고 믿고 살았다.
삶이 어렵다고 느낄 때마다
들판에 솟아 있는 흰 돌을
빈 터처럼 간직하며 견뎠다.
마흔을 앞에 두고 나는 이제 그것이,
내 환각이 만들어낸 도피처라는 것을 안다.

달빛에 바쳐진 아이라고,
끝없는 들판에서 나는
아버지를 이야기 속에 가둬
내 설화를 창조하였다.
호롱불에 위험하게 흔들리던
옴팍집 흙벽에는 석유처럼 家系가
속절없이 타올랐다.
지평을 향한 生이 만든
겨울밤의 환각.

생일

창호지에 바른 국화,
그늘과 빛이 드나드는 종이 속에
덧댄 작은 유리, 말없이 바스러지는 生,
마당의 해당화와 길과 윗집
대나무 꼭대기에서 기우는 햇살,
저녁이면 방안에 들어앉아, 아버지
창호지의 거울로 세상의 지문들을 바라보았다.
발뒤꿈치의 굳은살을
도루코 면도날로 깎아내며
노래를 부르며.

아무도 들어주지 않는
저녁의 노래,
징용 가서 배운 노래,
식구들 누구도 따라 배운 적 없는
일본 노래,
창호지에 저녁빛이 스며들고

지문들이 방바닥에 얇게 떨어진다.

아버지 발뒤꿈치에서 허물이 떨어진다.
이스트만 넣고 부풀린 밀가루떡,
아무 맛도 없고 속도 허한 밀가루떡,
방학이 되어 시골로 내려가면
슬몃 부엌에서 시루에 쪄
방바닥에 배를 깔고 있는 내게 들이밀던
밀가루떡에서 풍겨나던 옅은 술냄새,
아무도 모르는 노래와 냄새와 맛,
방바닥에 스미는 빛에 가려
아버지의 발뒤꿈치에서 떨어지는
지문들은 더이상 보이지 않는데.

머리 뒤에 꽃처럼
혹이 달려 있는 아버지,
꽃이 시든 자리에

마당의 해당화는 열매를 맺는데, 아버지
열매를 깨물어 먹으면
내년의 씨앗이 입 안에 쏴하게 터질까,
내 미래의 자식들이 아버지 혹 속에
들어 있을까, 다 타서 하얗게 허물어지는
연탄처럼 방안에서 창호지의 유리로
아버지 해당화와 길, 대나무 꼭대기를 내다보고,
나는 아버지의 등 뒤에 배를 깔고
짐짓 마당에 내리는 어둠을 본다.

가을의 첫 잎을 따
창호지에 바른 국화는
빛이 스며드는 종이 속에서 누렇게 바랬고
그늘은 방바닥에
발뒤꿈치에서 깎아낸 굳은살처럼
얇게 일렁이는데.

아버지 노래를 부른다.
자식들 대신 침묵 속에 고치를
틀고 있는 아버지,
저녁빛을 바라보며
청년의 노래를 부른다.
징용 가서 배운 노래,
식구들 아무도 따라 배운 적 없는
낮은 노래를 부른다.
아버지 등 뒤에 배를 깔고
나, 오랫동안 식구들
음식 맞추러 간 사이
지문들이 자잘이 떠 있는
저녁의 노래를 듣네.

비료푸대 발

우리 윗집
앉은뱅이 경식이삼춘
겨울 햇볕 따뜻한 날은
동구로 마실을 나가는데요

단벌신사 우리 애기는 서른한살 노총각
— 경식이삼춘 아재는 술에 벌겋게 취하면 노래를 불
러요 불도 켜지지 않는 재래식 변소에 앉아 끙끙거리고
있으면 막걸리 냄새가 풍기는 목소리로 장가도 못 가는
아들이 구슬퍼 꺼이꺼이 노래 불러요 그 다음날 윗집으
로 올라가는 길목엔 살얼음이 껴서 발이 푹푹 빠져요
경식이삼춘 발은 비료푸대 두 장이지요
비료푸대 한장을 가고 싶은 방향으로 미리 놓아두었
다가
있는 힘껏 팔로 땅을 박찬 다음 비료푸대에 앉으면
다시 비료푸대 한장을 앞에 펼쳐놓는 거지요
날개를 다친 새가 푸드덕푸드덕 그렇게

하늘에서 땅으로 떨어져내리는데요

　—앉은뱅이 경식이삼춘 겨울 햇볕 따뜻한 날은 비료
푸대 발로 동구로 마실을 나가요 그 뒤를 까치처럼 폴짝
폴짝 뛰어오르며 걷다보면요 논둑에 박혀 있는 나무전봇
대를 가리켜요 경식이삼춘은 까치집에 손을 넣다 전봇대
에서 떨어진 거래요 하늘을 만진 벌로 아랫도리가 꿈쩍
안해도 새알만은 손에 꼭 쥐고 있었대요

　눈이 소방울만하지만
　얼굴이 온통 씰룩거려 경련을 일으키는
　경식이삼춘, 겨울 햇볕 따뜻한 날
　동구에서 어버버 모스 부호로 말을 걸면요
　바람에 날아갈까 건네준 비료푸대 한장이
　금방 새알처럼 뜨뜻해져요
　그렇게 우리만 아는 하늘이
　내 손에서도 푸드덕푸드덕대는데요

나무전봇대에서 웅웅 노랫소리 들려와요

— 단벌신사 우리 애기는 서른한살 노총각

송아지

유용민 형께

부뚜막에 앉아
장작불이 타오르는 모습을 바라보았다.
캄캄한 온돌 아래
깊디깊게 겨울밤이 지펴졌다.
갓 낳은 송아지의 발바닥을 만지며
잠이 들었다.
온돌의 불기처럼 부드러웠다.

엄마소가
난산 끝에 죽은
기나긴 밤이었다.

흔적

입을 벌리고 그는 잠을 잔다
난쟁이들이 들락거리는 꿈이라도 꾸는가
썩어버린 이가 동굴 천장에 매달린 종유석이다
꽃 한송이를 밀어 넣으면
금세 흉곽까지 내려가리라
그의 잠은 배고픈 블랙홀이다
그러다가 간혹 휘파람소리를 내보낸다
사방이 빌딩으로 막힌 작은 공원,
한껏 벌어진 그의 입 속에 겨울빛이 동면을 서두른다
더 어두워지기 전에 빛이, 종유석에 부딪치며
아래로 아래로 꺼져간다
간밤에 큰눈이 내렸다
그의 한껏 벌어진 입 속에도
따뜻한 잎들이 두껍게 깔려 있을 것이다
하지만 눈밭 속에서 내가 도착했을 때
아침 햇살을 받으며 그가 누워 있던 곳은

자리만 찍혀 있고,

길게 발자국이 흔적에서 뻗어나가고 있는 것이었다

낡은 리어카를 위한 목가

언덕길에 세워진
리어카
처음엔 희미한 빛이더니 白蓮처럼 맑고 힘차다
그런 아침이다

이사 온 날 언덕 위에 백련사가 있다 하여
백련을 볼 생각으로 잠 못 이루던 때,
다음날 새벽 올라가니 자취 없고
리어카에 폐지 가득 싣고
앞에서 끌고 뒤에서 밀던 노부부
그리고 또 어느 이른 아침
백련사 오르던 때,
아무도 끌어주는 이 없는데
할머니 혼자 리어카를 밀고 있던 모습

오늘은 할머니도 보이지 않는다
새소리 시끌시끌한

꾸부정한 나무처럼,

다 허물어진 담벼락에 낡은 리어카가 기대어 쉴 뿐

백련이 피지 않는 백련사

그 모서리,

리어카 손잡이를 끌어줄 자리에 대신 거미줄이 흔들
린다

이슬 맺힌 은하계,

아침마다 언덕길

공중에 쳐들린 손잡이를 끌어주는

보이지 않는 힘이었던가

처마 끝

아기 고래가
꾸루룩꾸루룩
지구의 양수 속에서
칭얼칭얼
우주의 어둠을
한모금 빨아들였다가
뱉어내니
마악 손톱 깎은 자리
처마 끝에
살짝
걸리는 초승달

산수유꽃

논둑에 앉아 산수유를 바라봅니다
얕은 구릉에 무리져 핀 산수유가
논바닥 웅덩이에 비칩니다
빛이 꽃 그림자에서 피어납니다
저쪽에서부터 농부가 황소를 몰고
생땅을 갈아엎고 있습니다
논바닥 웅덩이가 흔들립니다
땅에서 향내가 솟구칩니다
소발굽에서 물집 잡힌
저 산수유꽃 그늘
이런 아침에 당신 생각이 더 간절해집니다
산간마을의 봄빛이 저만큼 깊습니다

빈들

서리 묻힌 기러기 날아가네
달 아래 지나가네
목소리만 남은 빈들이여
기차에서 뛰어내린 사내
거적때기에 덮여 있네
주검이여, 왜 맨발만 내밀고 있는가
보드랍던 복숭아빛 숨결
다 덮지 못한
맨발로 남은 것이냐
달은 상갓집 천막에 떠 있는
백열전구 필라멘트처럼 빛나는데
빈들을 횡단하는 汽笛이여
서리 묻힌 기러기
더 깊은 하늘로 떠밀려가네

下弦

창문에 뭉툭한 손이 내려오네

시골에서 보내온 감자를 삶아 먹는 밤, 어머니 한숨 한
꺼풀 한꺼풀 벗겨지네

새벽을 기다리네
거미가 가등에 달라붙어 새벽이 터지는 빛살들로 날개
한벌 짜려고 하네
꼼짝도 않고 기다리네

먼 훗날, 감자껍질 벗겨 희디흰 속살 먹는 소녀의 창가
를 엿보리
무서리 저리 내리는 날
날개를 반쯤 펴고

젖어서, 가만히 딸의 창문에 비치리

구관조

안.녕.하.세.요. 여.기.서.는.속.도.가.느.껴.지.지.않.
는.답.니.다.

홍은동 295번지와 연희동의 교차로 한 귀퉁이의 연희
지하차도 위는 풀밭으로 되어 있다 풀밭 다리를 건너면
아파트가 보이고, 다리 아래 굴로 차들이 빠르게 빠져나
가지만, 여기서는 시간이 방아깨비 발처럼 끄덕끄덕 제
자리를 맴돌 뿐 흘러가지 않는다
　풀밭 다리에 서서
　나는 희끄무레하게 빛나는 구관조를 쳐다본다
　구관조는 죽어서야 비로소 새장 밖으로 나온 모양이다
　버려진 속은 달빛을 받아 흰 날개들이 무수히 태어나
는 것처럼 보인다
　내장을 둥글게 파먹고 있는 구더기떼가
　구관조에게는 빛이다

　끼익끼익 차들이 아스팔트에 기스를 내며

때로는 종주먹을 날리며 운전사들이 멱살을 붙잡고 싸
우는 동안에도
구관조는 다리 위에서 꾸물꾸물 구더기를 낳고 있다
천천히 알을 까며 밤의 기슭으로 흩날린다
화관처럼 생긴 머리 위에 누가
시계꽃을 엮어 장식해놓았다

소녀 하나가 아파트에서 나와
풀밭 다리를 건너오는데
바랜 구관조의 깃털이 머리핀처럼
불어온 바람에 흔들린다
죽어서야 날개를 낳는 구관조가
그 순간 명랑하게 내게 인사를 건넸는지
다리 아래로 시간이 빠르게 흘러간다

백조

변기 뚜껑을 열자
백조가 웅크리고 있다.
몹시 추운 날이었다.
처음엔 내 얼굴인가 했다.
술에 잔뜩 취한 얼굴은
실컷 얻어맞은 듯 퉁퉁 부어올랐다.
살얼음이 낀 변기물에
어룽대는 날개, 먼동
스위치를 켜자
살얼음을 깨고 백조가
변기의 둥근 벽을 박차고
화장실 창밖으로 날아간다.

그곳

큰꿀벌들은 매년
히말라야에서 인도로 날아간다
아삼의 마술나무에 집을 짓는다
수천 킬로미터를 날아와
매년 같은 나뭇가지에 집을 짓는다

아삼의 마술나무가
큰꿀벌들을 맞으며
목이 부러져라
수천의 꽃송이를 떨군다
그 사이
큰꿀벌들은 공중에서 미친 듯이
집을 짓는다

목 부러진 꽃송이를 덮고
벌들의 날개 소리를 듣는다
타들어가듯 잠을 잔다

물들이 빛나네

비바람에 창밖 토란이
코끼리 귀 같은 잎을 펄럭이네
토란에 떨어지는 빗방울이
꿈속까지 미끄러져 오네
창을 열어두고 잠이 든 어느 여름이었네
방바닥에 하얗게 빛나는 것이 있었네
토란 뿌리까지 내리는 비가
방바닥에 스며 솟구친 것이었네
장판을 걷자 점점 더 많은 빗물이
시멘트 위로 뿜어져 올라오네
토란이 쉴 새 없이 창을 턱턱 치네

그 거리에서도 바닥에 바다가 살았네
부글부글 솟아나는 물들이 빛나네

나방

한밤에 쌀 씻으러
포대를 열자
나방이 날아오른다
밤에만 무늬를 제 비늘 속에
새겨 넣으며
날아오를 날만 기다렸겠지
통풍이 제대로 되지 않는
반지하의 한켠에 쑤셔박힌 쌀포대
눅눅한 어둠속에서
일시에 날아오른 나방떼
배고픈 밤의 덧없는 출구 속으로
팔을 늘어뜨리고
기나긴 밤을 퍼낸다

이 시장기

1

하늘가에 머무른 옥색의 공기 같구나.
너의 족보는 천상의 나뭇가지에나 있겠구나.
아무도 감히 꿈꿀 수 없는
너의 자리는.
몇만리이냐, 네가 날아온 하늘 속의
나무는. 너는 지금 바람의 열기가 허공에 걸어둔
한폭의 물보라같이 휘익 내 곁을 날은다.

초롱의 불빛처럼 우는가.
먹기와집 지붕에 먹빛으로 저무는
어둠속에서 몸을 늘어뜨리고
저물녘의 울음에 허물을 벗는다.
이미 세상의 길을 다 맛보았으나,
짐승들의 온기가 수만겹의 길로
헛바닥에 맺혔으나,

바람의 목덜미를 간질이는 네 숨소리에
까마득한 옛적에 귀도 발도 손도 다 잃었다.

2

가을 저녁
시골집 처마에
먹빛이 남아 있다.
창호지에 어른대는 나뭇가지에
물보라가 스민다.
시집 못 간 누님의 제삿날.
저물녘 짧은 꿈속에서
몇만리 長天을 날아온 새의 머리
목구멍에 하염없이 밀어 넣다 깨어나니.
생시인 듯
가시지 않는 이 시장기
온몸에 먹구렁이 같은 숨소리가 퍼져나간다.

의자에 앉아 있는 눈사람

폭설이 내렸다
며칠이 지나도 녹지 않았다
집으로 돌아가는 길목에
버려진 의자가 놓여 있었다
의자는 아무도 눈여겨보지 않았다
의자는 때로 생각에 잠겨 있는 듯 보였다
저녁 햇살에 반쯤은 몸을 내주고 있었다
일생토록 자신의 등으로
주인의 몸무게를 받아주던 늙은 조랑말처럼
무릎을 꺾고 풀썩 땅에 주저앉을 것 같았다
거기, 눈사람이 앉아 있었다
응달에서 천천히 녹아가며
버려진 의자에 앉아 있었다
한 아이가 처마 끝에 매달린 고드름을 꺾어다
떨어진 눈사람의 코를 붙이고 있었다
의자의 발밑으로
눈사람에게서 떨어진 물이

웅덩이를 이루고 있는데,
아이는 눈사람의 코를 만지고 있었다
일생을 다하고 곧 의자로서 생명이 사라질
낡은 의자를 위한, 그런 경건한 저녁이
웅덩이에 그림자로 어른거리고 있었다

멍

어머니는 젊은 날 동백을 보지 못하셨다
땡볕에 잘 말린 고추를 빻아
섬으로 장사 떠나셨던 어머니
함지박에 고춧가루를 이고
여름에 떠났던 어머니는 가을이 되어 돌아오셨다
월남치마에서 파도소리가 서걱거렸다
우리는 옴팍집에서 기와집으로 이사를 갔다
해당화 한그루가 마당 한쪽에 자리잡은 건 그 무렵이
었다
어머니가 섬으로 떠나고 해당화꽃은 가을까지
꽃이 말라비틀어진 자리에 빨간 멍을 간직했다
나는 공동우물가에서 저녁해가 지고
한참을 떠 있는 잔광 속에서 서성거렸다
어머니는 고춧가루를 다 팔고 빈 함지박에
달무리 지는 밤길을 이고 돌아오셨다
어머니는 이제 팔순이 되셨다
어느날 새벽에 소녀처럼 들떠서 전화를 하셨다

사흘이 지나 활짝 핀 해당화 옆에서
웃고 있는 어머니 사진이 도착했다
어머니는 한번도 동백을 보지 못하셨다
심장이 고춧가루처럼 타버려
소닷가루 아홉 말을 잡수신 어머니
목을 뚝뚝 부러뜨리며 지는 그런 삶을 몰랐다
밑뿌리부터 환하게 핀 해당화꽃으로
언제나 지고 나서도 빨간 멍자국을 간직했다
어머니는 기다림을 내게 물려주셨다

파도

새벽마다 불이야 하는 소리를 들었다

밤새도록 비가 퍼부었다
공사장 한 귀퉁이에 물웅덩이가
고였다, 나뭇잎처럼 죽은 새가 떠 있다
아침 공기를 마시며
웅덩이가 아직 낯선 온기로 떤다

여행가방을 손에 든 채
물웅덩이를 바라본다
공사장 건너편 개척교회 후문 지하에서
주여 하는 소리가 울려나온다
새벽마다 주여 소리를 왜 불이야로 들었을까
이 동네에 방화범이 사는가, 싶어도
이제껏 한번도 나가보지 못했다
밤마다 짐승이 목덜미에 올라탄 것처럼
나는 피곤과 살았다

땅 밑에서 벌어지는 불놀이,
주님은 비 그친 땅 밑 불 속에 있다

물에 푹 젖은
새의 목덜미가 숟가락처럼
웅덩이에 박혀서
짓다 만 집의 그늘을 마신다
웅덩이 안쪽에서 불이 떨린다

밤 산보

고독은 습관적으로 비둘기를 사냥한다
억센 발톱을 밀어내며
상처를 잊기 위해 전율하며,
야외공연장의 난간에서 파란 불꽃을 쏘아낸다

밤공기 속에 몸을 묻고
팽팽한 근육에 화살을 매겨
단숨에 공중을 꿰뚫는
저 단단한 불꽃

한때는 주인의 발밑에 웅크리고
졸음을 파고드는 손길에
나른한 목덜미를 맡겼으리라
근육은 오직 사랑을 받기 위해
둥글게 꼬리를 말아쥐는 데만 사용됐으리라

누가 꼬리를 잘랐을까

손톱 같다, 초원의 사자처럼
밤공기를 밟으며 나아갈 때마다
치켜진 꼬리에서 적의가 흘러내린다
눈가에 칼날이 긋고 간 흔적이 뚜렷하다

어둠으로 깊어진 눈동자에 들어 있는
저 초승달
전율하는 꽃이 거기 있었다는 듯
한순간에 비둘기의 울음소리를 낚아챈다

토요일에 연인들은 플라타너스 그늘
흔들리는 야외공연장에 팝콘을 던진다
입에 물린 상처를 내려놓고
야외공연장의 난간에서 고독은
다시 냄새를 맡는다

수문통

바닷물이 수챗구멍으로 역류하곤 했다
장마철이면 수문통 사람들은
연어처럼 싱싱한 종아리를 걷고
무릎까지 올라온 바닷물을 따라
더 큰 바다를 향해 나아갔다
검은 바닷물에서 악취가 났지만
그것은 그들의 냄새였다
맑은 날이면 소금창고 속 같은
수문통시장을 걸어다녔다
햇빛이 콜타르를 칠한 나무판자 사이로
끊임없이 새어들어오고
삐걱삐걱 소리를 내며
바닥에서 바닷물이 흘러갔다
얼굴마다 수없이 그늘이 지나가
주름살이 되었다
다락방 같은 마루를 열고
소녀들이 오줌을 누고

눈부신 엉덩이가 철철 소리내며
먼바다로 통신을 하였다
그렇게 바닥에서 삐걱대며
소금이 만들어졌지만
그들은 벌어져만 가는
가난의 더러운 벽에 몰아치는
겨울바람을 맞으며 늙고 죽었다

나귀 한마리

나귀 한마리
서울역 광장 들어선다

나귀에게 나는 깊디깊은 우물인가
물 한동이 퍼내기 위해
두레박줄 끌고
나사렛 땅 하염없이 걷는가

은빛 철로
두레박줄처럼 흘러가고
나귀와 나
먼 길 잇는다

서울역 광장
나귀 한마리
우물에 일생을 매어
우물 왔다가
우물 잠시 떠난다

파도리에서

여자는 내 숨냄새가 좋다고 하였다.
쇄골에 입술을 대고
잠이 든 여자는
죽지를 등에 오므린 새 같았다.

끼루룩 우는 소리가 들렸다.
밤새 파도 속에서
물새알들이 떠밀려 왔다.

어느 개의 죽음

한때는 늠름한 충견이었을
고개를 빳빳이 쳐들고 아무에게나
등짝을 맡기지 않았을 저 개
횡단보도 건너 세탁소와
피자집 사이를 왔다갔다하며
쓰레기통을 허겁지겁 뒤지고 있는 저 개
무거운 책보따리로 한쪽 어깨가 기울어진
비천한 눈매를 가진 사내와 눈이 마주치기 싫어
더 위로 올라가는 저 개
아직 하얀 눈썹 아래 시베리아 눈벌판을 간직한
눈동자로 흘깃 뒤돌아보는 저 개

지방에 시간강사 하러 종점에서
용산역 가는 첫차를 기다리는 새벽
불쑥 차도를 건너다가
공중으로 치솟은 저 개
촛불을 들고 차도를 건너는 것처럼

쓰레기 치우는 노인 한분이
김이 무럭무럭 나는 삐쩍 마른 송장을
가슴에 안고 길 건너편으로 온다
祭壇 같은 하얀 스티로폼 박스에
아스팔트에서 쉽사리 떼어지지 않는 울음을 뉘어놓고
뚜껑을 닫는다

무표정한 평화가 갑자기 두려워진다
골목에서 사람들이 주머니에 손을 꽂고 나오고
버스 기사가 엔진에 시동을 건다
방금 전까지 개가 있던 건너편을 두리번거리며
책가방을 엉거주춤 들고 첫차에 오른다

강물에 달빛이 떠 있다

한참 바라보니
노끈처럼 생겼다

저 끈을 잡고
강 건너 가리라

달 표면
그늘에서 찍어내는
서늘한 불길이여,

강물이 알몸으로 빛난다
그 속에
그늘로 뜨겁다

서늘한 노끈이여

당신의 눈에 지구가 반짝일 때

당신의 눈에
지구가 반짝일 때
당신을 들여다보면
거기 내가 있고

거울에 눈을 대고
거울을 들여다보면
동공이 열려
속눈썹이 나무처럼
무성해지고

거울 속에서
내 눈을 바라보면
거기 글썽거리는
빛들 속에
당신이 서 있고

꽃바구니

버스가 江岸에 멈춰 섰다
차창에 갈대밭
새들의 무게가 갈대꽃 끝에 잠시 휘청인다
강의 속눈썹
마른 갈대밭

화폭 속을 걸어
여인이 꽃바구니 들고
버스에 올라탄다
한아름 꺾은 갈대꽃에서
불탄 냄새가 난다

검게 탄 여인의 이마
황혼 속에 퍼지는 꽃살 무늬 주름
피부 속에서 날갯짓하는
새들의 몸짓
새들의 냄새

여인과 스치듯
나는 강안에 내려
갈대밭 사이로 걸어 들어간다
수면에 새들이 남긴 발자국
덧없는 여인의 꽃바구니

속이 비어야 울 수 있나
갈대들이
저마다 주름 진 피부 속에
울음이 있다는 듯 운다
먼지를 일으키며 버스가 강안에 멈춰 선다

골목의 하늘

새들이 감 속에 부리를 묻고 눈을 쪼는 겨울까지 허공
에서 견딘다, 담장 너머로 가지가 뻗어나와 전봇줄 사이
에 얹혀 있는 홍시 세 개
　찬 서리에 속이 터져서
　골목의 하늘에서 익어가고 있는 홍시 세 개

봄

    아침마다 횡단보도 앞 플라타너스를 스쳐갔다. 그 아래 가죽 의자가 앉아 있다. 하루하루 스프링이 살을 뚫고 올라왔다. 오늘도 황사 내리는 횡단보도를 건넜다. 뿌연 먼지가 내려앉은 의자의 가죽 위에 꽃이 핀 걸 보았다.

    스프링이 뚫고 올라온 틈에서
    날카로운 생으로 주저앉고 있는 의자가
    자신의 봄을 위해 기지개를 내뻗었다.
    찬란한 마지막 호흡이 의자의 죽음을 완성했다.

    다음날 새카만 개미들이, 플라타너스에서 맑은 빛을 등에 지고 내려와 삐져나온 솜뭉치 속으로 날랐다.

가을빛

호숫가에
발을 담그고
나란히 앉아 있었죠

잔잔한 물결 위에
날개를 펴고 죽은 잠자리
그물망에 맺힌 가을빛

가만히 바라보며
앉아 있었죠

물결 위로 떠가는
불꽃 속에서
여행을 하였죠

호숫가에 나란히 앉아
발을 담그고

겨울빛

내 방 창문 너머로
오후의 환한 손님이 찾아왔다

탁자 위 덩그러니 놓여 있는 침묵
찻잔 속의 물을 핥고 있다

김을 따라서 향기를 좇아서
네 발을 쳐들고 허공에 뛰어오른다

손이 닿지 않는 구름
잠시 앉아 쉬어가는 저 손님

이제 붉게 마른 갈기를 벗어던지고
검은 옷으로 갈아입어야 한다

천공에 뭇 별이 켜질 때까지
혼자서 침묵에 사육당해야 한다

나무들은 물 쪽으로 기운다

물가에 선 나무들이
물 쪽으로 기우니
선운사 골짜기에
기울다 간 마침내
넘어진 나무가 있으니

비탈에 뿌리가 뽑혀서
잎을 피우고 있는
소밥나무가 있으니
저 건너편 세상으로,
지느러미에 발톱이 달린
어린 새처럼
바람을 움켜쥐고 떨고 있으니

그 피안을 걸어
누군가 건너왔으리니
잘 살펴볼 일이다,

골짜기에 비친 冬柏

옷자락에 물들어 있을 것이니

놀이터

새벽 놀이터
서리가 모래밭에 내린다
달빛을 받으며
혼자서 흔들흔들 그네를 탄다

발자국이 얼어 있는 모래밭
속이 부풀어
물고기 같다

부레에 가득 숨을 불어넣고
가만히 떠 있는
얼음 물고기 같다

달은 지는데
낚싯대가 없다
바람이 부는데
내게는 발자국이 없다

첫 눈송이 몇개 몰고 올
바람이 저기서 부는데

가등에 말라죽은 거미
제 몸에서 뽑아낸 줄을 잊고
흔들흔들 그네를 탄다

중국집 앞 진달래

속알머리 빠지는 중국집 아저씨
萬里城 아저씨

저 봄눈 좀 보세요
주렴 사이로 내리는
봄눈 좀 보세요

봄눈이
꽃 위에서 녹아버려요
그만 주방에서 나오세요

아저씨 속알머리 빠지는 아저씨
저 꽃 좀 보세요

소갈머리 없는 저
꽃 좀 보세요
만리를 내려와

땅에 닿지도 않고 녹는

말씀 좀 보세요

달

그녀와 키스할 때면
이마에서,
유리창 깨지는 소리가 난다
뼈와 근육 너머로
내 영혼을 들여다보는
전기의 불꽃,
약한 기세가 있나
소혓바닥처럼
쓰윽 핥고 지나가는

야생에 눈을 뜨면
시작되는 여행

조용한 봄

洞□에 포구나무 서 있다

바람이 어머니의 기도를 하늘로 밀어올린다

포구나무 밑에서 포대기를 추켜올리는 여인

저녁햇살 엉켜 있는 저 하늘의 뿌리

부옇게 떠서 더 가느다랗다

바람이 가지 끝 물보라를 툭툭 건드린다

포대기 속 불뚝불뚝 머리를 내밀며 아이가 운다

포구나무 가지 끝 아른거리는 연둣빛 저녁

옛집으로 가는 꿈

소 잔등에 올라탄 소년이
뿔을 잡고 꾸벅꾸벅 졸고 있다.
땅거미 지는
들녘.
소가 머리를 한번 흔들어
소년을 깨우려 한다.
수숫대 끝에 매달린 소 울음소리
어둠이 꽉 찬 들녘이 맑다.
마을에 들어서면
소년이 사는 옴팍집은
불빛이 깊다.
소는 소년의 숨결에 따라
별들이 뜨고 지는 계절로 들어선다.

얼음 계곡

내 생이 저렇게 일시에 얼어붙을 수 있다면
나는 어떤 무늬를 내부에 간직할 수 있을까
사춘기 시절 숲으로 들어가는 길은 두 갈래로 나눠졌다
한 길은 오솔길로 통하고
한 길은 가파른 얼음 계곡으로 이어져 있었다

오솔길엔 나뭇잎이 가득했다
눈 더미 아래 하얀 알들을 감추고 실뿌리들이 꿈을 꾸
고 있었다
그늘진 오솔길로 접어들면
나는 碇泊의 거대한 나무가 될 수 있을 것 같았다
뿌리의 힘이 유혹하며 대지에 붙박으려 하였다
나는 오솔길과 얼음 계곡이 갈라지는 지점에서 발을
뗄 수 없었다
하지만 마음속엔 이미 신기루가 피어올랐다
얼음 속에 결빙된 무늬들이 햇빛에 날개처럼 부서졌다
나는 얼음 계곡을 올라가며 정을 박고 싶었다

날개들을 캐내고 싶었다
山頂의 얼음 묘지에 이르러
나는 얼음 속에 내 삶을 결박하려는 꿈을 꾸었다.

그러나 오솔길과 얼음 계곡 어디로도 가지 못했다
내게는 뺨을 발그레하게 간지르는 미풍과 햇빛에 반사
되는 창백한 결빙이 번갈아 나타났다
어느 길도 선택하지 못했기에
내게서는 나뭇잎도 피어오르지 않았고
강파른 산정을 재겨 딛고서,
얼음 속 날개 한벌 꺼내지 못했다
백색의 신기루만 부서지고 있었다

다만 나는 한때 인생의 두 갈래 길에 서 있은 적이 있었
다고
그때 이미 내 가슴은 부패하고 있었고,
갈림길의 응달에 녹아가는 눈 더미 속에서

구더기떼가 전신에 알을 낳고 있었다고,

이른 봄의 나비떼가 얼어죽은 지

꽤 오래된 노인의 가슴에서 날아올랐다고

무심코 그 길을 지나가던 등산객의 방관을 조바심치며

기다리는,

중년으로 접어들고 있었다

꽃담에 기대어

꽃담에 기대어
줄어드는 가을볕을 바라보네.

아쉬워
내리는 혼령인가.
햇빛 속
저 가는 비
고양이 수염 같네.

낙선재*의 수강재에서 석복헌으로 통하는
좁은 골목의 일각문,
꽃담의 포도 무늬
금세 하늘에 가닿을 듯하네.

왕이 사랑하였으나
왕비가 되지 못하였다지.
꽃담 안에서

사랑하는 그를 기다리며,
오늘도 자식 낳는 일을 잘해야지
염원하였다지.

콧잔등에 달라붙는
포도잎을 떼어내려고
앞발로 비비시는가.
하늘에서 하냥 나려오는
고양이 한마리.

가을 햇볕
가는 비.

* 조선조 헌종이 왕비로 간택되지 못한 한 여인(후궁 김씨)을
  위해 지어준 사랑의 집.

이별

일주일에 한번씩 고향을 스치는
이 길
명예는 흰 날개를 갖지 못한다

아침 일찍 용산역에서 기차 타고
아이들 앞에 서려 책에 밑줄 긋다가 잠이 든다
누가 흔들어 깨운 것 아닌데 눈이 떠지는 마음

고향역 가로등 밑 거미줄에
안개가 짜놓은 구슬을 설핏 본 것 같다
汽笛이 고향집 담벼락을 울리는가

월요일마다 고향을 아침저녁 차창으로 본다
흰 날개가 부질없이 와서 부서진다
고향에 와도 고향에 내리지 못하는 이의 이별

오전, 창에 번지는 빛

눈덩이 쌓인 골목

광선 한줄기
꽉 닫힌 집
창변에 머문다

집 없는 이의 집

■

해설

빛의 문양과 집

최현식

대개의 시인들은 한 시집의 결시(結詩)를 다음 시집의 서시(序詩)로 삼곤 한다. 그럼으로써 그들은 한 세계를 매듭짓고 다음 세계로 자연스레 옮아간다. 그러나 이것은 일정한 세계의 완결과 이행의 단순한 알림이 아니라 자기 삶과 언어(시)의 문양, 나아가 그것들 자체의 건축 정도를 고백하는 신성한 의식(儀式)이다. 이런 과정의 누적은, 내면 정서의 표현이 장르적 핵심인 서정시 역시 궁극적으로 자아의 통합과 동일성 구현을 목적하는 성찰적 기획으로서 '자아의 서사'(narratives of self)의 한 범주임을 새삼 실감케 한다.

박형준은 『물속까지 잎사귀가 피어 있다』(2002, 이하 I

로 표시)의 결시「봄밤」을 "조용히/나무에 올라 발자국을 낳고 싶다"고 마무리지었다. 나는 그때 '생명'과 '상승' 욕망을 읽으면서도, '볕이 나거나 바람 불면 가뭇 사라질 발자국을 낳고 싶다니⋯⋯'라며 고개를 한참이나 갸웃거렸다. 당연히 그의 새 시집『춤』을 받아들면서 내가 매달린 것은 그가 그렇게도 낳고 싶어했던 '발자국'의 정체였다. 표면적인 이유는 그래야만 그의 시(「地平」)를 약간 바꿔 말해 '시인을 이야기 속에 가둬 내 비평을 창조하는' 작업이 한결 수월해질 것이기 때문이었다. 그러나 내심으로는 그가 낳고 기른 '발자국'들의 삶에 곁눈질로나마 동참함으로써 "영혼이 숨을 잘 쉬기 위"한 "구멍들"(「城에서 1」, I)을 마련하고 싶은 마음이 더 컸다.

결과를 말하자면, 그는 무언가를 낳았다. 하지만 그것은 내가 보기에 딱히 '발자국'이라고도 아니라고도 말할 수 없는 성질의 것이다. 박형준은 익애(溺愛)라 해도 좋을 만큼 이번 시집을 '빛'의 다채로운 문양과 그것이 거처하는 집의 모양의 탐구와 표현에 바치고 있다. 오랜 경력을 지닌 구두 수선공은 어떤 이의 구두나 발자국만 보아도 그 사람의 인생살이나 성격까지도 대강 짐작한다고 한다. 말하자면 그것은 약간의 시간이 흐르면 사라지는 흔적에 불과하지만 거기에는 한 사람의 역사와 실체가 오롯이 담겨 있다.

　박형준이 낳은 '빛'도 이와 같은 것이어서, '빛' 하면 흔히 연상되는 '밝음'과 '따뜻함' '생명'과 '상승'만으로 구성되지는 않는다. 물론 이런 이미지들이 좀더 많은 비율을 차지하긴 하지만, 그의 '빛'에는 그것이 태어나고 더욱 빛나기 위해 반드시 필요한 그늘과 어둠에 대한 진중한 성찰과 응시 또한 적지 않다. 가령 눈발이 흩날리는 겨울날 아침 햇살을 받으며 누워 있던 늙은 노숙자의 흔적을 좇는 '나'의 시선을 담담하게 그린 「흔적」은 박형준 고유의 '빛'이 무엇인지를 선연하게 소묘한다. 따라서 우리의 『춤』에 대한 소묘 역시 궁극적으로 그가 다채롭게 분광하는 빛의 세계, 다시 말해 그 문양과 집들의 창조를 통해 자아를 확충하고 세계에 개방하는 '자아의 서사'의 향방을 중심으로 이루어져야 한다.

　누가
　하늘과 거의 뒤섞인
　강물을 바라보고 있는가
　편안하게 등을 굽힌 채
　빛이 거룻배처럼 삭아버린
　모습을 보고 있는가,

누가

고통의 미묘한

발자국 속에서

울다 가는가

— 「빛의 소묘」 부분

「빛의 소묘」는 『춤』을 여는 시다. 인용한 부분은 우리
가 앞에서 설정한 '발자국'과 '빛'의 관계, 그리고 자아의
태도에 대한 추측이 크게 틀리지 않을지도 모른다는 암
시를 준다. 어쩌면 처음 보는 이들은 여기의 '빛'의 이미
지에서 '신생'보다는 '소멸'을, '명랑'보다는 '우수'를 먼
저 읽을지도 모른다. '하늘'과 '빛'이란 공기 이미지는 강
물, 거룻배, 울음 등의 무거운 물의 이미지와 '고통'이란
낱말과 결합함으로써 그것의 가벼움과 상승의 본질을 잃
어버리고 있다.

하지만 그 '빛'은 '우울'로 진화하기는커녕 영혼을 조용
히 가라앉히고 정갈하게 정화한다는 느낌을 준다. 그 비
밀은 '빛'의 모습에 있는바, '빛'은 시간의 풍상을 너끈히
견딘 후 이제는 "편안히 등을 굽힌 채" "삭아버린" '거룻
배'를 닮아 있다. 이것은 또한 시인 자신이 꿈꾸고 추구하
는 자아와 시의 미래인지도 모른다. 말하자면 미리 적는

'자화상'이라고나 할까. 그래서 그가 걸어야 할 '고통의 발자국'은 쓰라리지도 달갑지도 않은 미묘한 것이 된다.

아궁이에서
일렁이는 불길이
얼굴을 적셨으니
타고 남은 재를
흙바구니에 담아
공중에 흩뿌려놓았으니
수만개의 별빛이
하늘과 호흡하는
너의 폐부 속으로 스며들었으니
숨을 내뱉어라
올라가서 올라가서 이제,
바람에 뒤척이는 꽃밭이 되어라

—「저녁 꽃밭」부분

그러나 모든 존재에게는 삭아버리기 전의 봄날이 예외 없이 존재한다. 물론 이 말은 박형준이 삶의 순환적 감각을 기계적으로 배치하고 있다는 의미와는 전혀 무관하다. 그가 빛의 문양을 잣는 방법을 보이기 위함일 따름이다. 『물속까지 잎사귀가 피어 있다』에서도 그랬지만, 박형준의 시에서 '빛'은 '꽃'이나 '불꽃' 이미지로 곧잘 전이되며, 또한 하늘로 올라가거나 공중에서 춤을 추는 상승의 이미지와도 곧잘 결합한다. "위로 위로 솟구치는/산동네의 불빛들"(「꽃이 필 시간」), "빛이 꽃 그림자에서 피어납니다"(「산수유꽃」), "지독한 피냄새가 공중에 배어나고 있었다"(「칸나」), "물결 위로 떠가는/불꽃 속에서"(「가을빛」) 등은 대표적인 예이다.

이런 이미지들의 연쇄와 결합은, 그 질감(언어)의 강렬성을 제외한다면, '불타오르는 나무'와 '별밤' 이미지를 즐겨 그렸던 반 고흐를 떠오르게 하는 데가 있다. 고흐는 동생 테오에게 보내는 한 편지에서 "도시와 마을을 상징하는 지도의 검은 점들이 나를 꿈꾸게 만들듯이 별은 나를 꿈꾸게 한다. (…) 별들의 세계로 가기 위해서는 죽음의 관문을 통과해야 한다"(『반 고흐 — 태양의 화가』, 시공사 1995, 111면)고 적었다. '별'은 영원성의 상징이지만, 거기에 이르기 위해서는 죽음이란 인간 최후의 한계를 거치지 않으면 안된다. 「별이 빛나는 밤」(1889) 등의 작품은 그 '영원성'이 외화된 형식이자 죽음의 관문을 돌파하기 위한 수단이었을 것이다.

박형준에게도 이런 '영원성'에의 지향은 예외가 아니

어서, 그 또한 "삶에 깃들이기 위해 죽음을 택하듯"(「열망」, I)이라고 쓴 적이 있다. 그가 지금까지 생성과 미래보다는 소멸과 추억의 언어를 즐겨 다뤘고 또한 능숙했음은 대체로 인정할 만한 사실이다. 이런 태도는 '빛'을 소묘함에 있어 그 배경을 생의 절정의 시공간보다는 어떤 경계의 시공간으로 설정하는 데도 깊은 영향을 미친 것으로 보인다.

   1) 섬을 쓸었네 늙은 청소부의 굽은 허리에 귀맑은 들판이 열리네 그의 단아한 목가가 발밑에 수북이 쌓여 있네 은행잎 한장 한장마다 벼들의 수런거림 스며 있네 늙은 청소부는 고개를 수그리고 벼들을 바라보네 그는 낫질하듯 낙엽을 쓸었네 공중에 멈춰 선 연기가 되네 들판마다 불이 오르는 풍경 가까이 허리를 굽히네 그리고 그는 환한 얼굴로 벼 밑동처럼 남은 어스름 새벽을 리어카에 쓸어 담네

—「어스름 새벽」 전문

  2) 수숫대 끝에 매달린 소 울음소리
    어둠이 꽉 찬 들녘이 맑다.
    마을에 들어서면

소년이 사는 옴팍집은
불빛이 깊다.
소는 소년의 숨결에 따라
별들이 뜨고 지는 계절로 들어선다.

　　　　　　　　　　　—「옛집으로 가는 꿈」 부분

　두 시의 풍경은 어지간히 눈썰미 있는 사람이 아니라
면 쉽사리 감각할 수 있는 성질의 것이 아니다. "은행잎
한장 한장마다 벼들의 수런거림"을 들을 수 있을 만큼 타
자에 대해 공명하는 감각의 개방성과 예민함을 필요로
한다. 그런데 홍미롭게도 박형준은 이런 풍경의 주인공
으로 청년인 자아보다는 노인이나 소년을, 시공간으로
새벽이나 초저녁과 같은 '어스름녘'을 선택하는 경우가
많다. 이들은 경계의 존재들이라 할 수 있다. 이들은 겉
으로는 조용한 듯하지만, 안에서는 다음 세계로 옮아가
기 위해 매우 역동적으로 움직인다. 이런 정중동(靜中動)
의 기운은 그들과 그들을 둘러싼 세계를 '맑고 깊은' 지
평(地平)으로 동시에 끌어올린다. 그런 의미에서 이 시들
의 세계는 또다른 하늘의 "바람에 뒤척이는 꽃밭"이다.
　그러나 박형준의 '맑고 깊은' 빛의 지평에 대한 투시력
은 세계와 삶의 아름다운 부분만을 보려는 상투적 심미

안의 소산은 아니다. 다시 한번 강조하거니와, "죽었으면서 살아 있는 영혼"(「내 얼굴로 돌아오다」, I)이랄 만한 그런 세계와 존재에 대한 끊임없는 애정과 연민의 눈물겨운 결정체이다. 그의 '빛'의 시학이 관념적 형이상의 세계와 거의 무관한 일상적 삶의 다양한 국면들에 대한 성찰과 표현으로 시종일관하는 제일의 이유가 여기에 있다. 가령 그는 어머니의 팔십 평생에 대해

> 어머니는 한번도 동백을 보지 못하셨다
> 심장이 고춧가루처럼 타버려
> 소닷가루 아홉 말을 잡수신 어머니
> 목을 뚝뚝 부러뜨리며 지는 그런 삶을 몰랐다
> 밑뿌리부터 환하게 핀 해당화꽃으로
> 언제나 지고 나서도 빨간 멍자국을 간직했다
> 어머니는 기다림을 내게 물려주셨다
>
> ─「멍」 부분

라고 말한다. 동백은 피고 짐에서, 다시 말해 삶의 아름다움과 죽음의 강렬성에서 해당화를 압도한다. 보통의 인지상정이라면, 자신의 어머니의 삶을 아무래도 해당화보다는 동백으로 치장하고 싶을 것이다. 그러나 그의 정

직성은 어머니의 고단한 삶에 박힌 '빨간 멍자국'을 영원한 '빛'으로 받아안는다. 그것을 가능케 한 '기다림'이 박형준에게 세계를 대하는 일상적 태도라는 사실은 노숙자나 가난한 이웃 등 변두리 삶의 세계를 '맑고 깊은' 빛의 지평으로 조명하는「황새」「흔적」「낡은 리어카를 위한 목가」등에서도 뚜렷이 드러난다.

풀밭 다리에 서서
나는 희끄무레하게 빛나는 구관조를 쳐다본다
구관조는 죽어서야 비로소 새장 밖으로 나온 모양
이다.
버려진 속은 달빛을 받아 흰 날개들이 무수히 태어
나는 것처럼 보인다
내장을 둥글게 파먹고 있는 구더기떼가
구관조에게는 빛이다

—「구관조」부분

『춤』에서「구관조」는 "삶에 깃들이기 위해 죽음을 택"한 존재의 모습을 가장 극적으로 보여주는 시다. 물론 구관조는 인간의 완롱의 대상일 따름으로 "죽어서야 비로소 새장 밖으로" 버려진 수동적 자연물이다. 그러나 구관조는 구더기떼에게 자기 몸을 공양함으로써 "무수히 태어"나 천지를 비추는 '빛=달빛'으로 거듭난다. 죽음이 삶을 낳는 이 '순간'에 물리적 시간, 특히 속도와 효율을 최고의 가치로 삼은 현대의 환금적 시간은 무의미하다.

예컨대 그는 구관조가 놓인 공간을 "풀밭 다리를 건너면 아파트가 보이고, 다리 아래 굴로 차들이 빠르게 빠져나가지만, 여기서는 시간이 방아깨비 발처럼 *끄덕끄덕* 제자리를 맴돌 뿐 흘러가지 않는다"라고 묘사한다. 그러니까 조금 과장한다면, 그는 죽은 구관조와의 우연한 마주침을 통해 '영원성'의 한자락을 움켜쥐게 되었음을 이렇듯 황홀하게 고백하고 있는 것이다.

박형준이 '빛'의 소묘를 통해 자아낸 문양과 집의 대표적 형식은 '맑고 깊은' 세계 및 삶의 의지와, 일상과 변두리 삶에 대한 따뜻한 관심 및 성찰이라 할 수 있다. 그런만큼 그 '빛'의 세계는 명도 높은 강렬성보다는 내면에 깊이 스미는 은은한 정중동을 미적 특질로 삼는다. 그는 그러나 『춤』을 하나의 디딤돌 삼아 지금과는 사뭇 다른 세계를 문 두드리는 미학적 모색에 나서려는 듯하다. 프로스트(R. Frost)의 「가지 않은 길」을 연상시키는 「얼음 계곡」도 그러한데, 이 시는 구도상 궁극적으로 「구관조」와 통한다. 따라서 우리는 자아의 기획 의지를 가장 선명

히 드러내고 있는 「地平」을 반드시 짚어봐야 한다.

　　달빛에 바쳐진 아이라고,
　　끝없는 들판에서 나는
　　아버지를 이야기 속에 가둬
　　내 설화를 창조하였다.
　　호롱불에 위험하게 흔들리던
　　옴팍집 흙벽에는 석유처럼 家系가
　　속절없이 타올랐다
　　지평을 향한 生이 만든
　　겨울밤의 환각.

　　　　　　　　　　　　　　　　　—「地平」 부분

　어린시절 석유를 잘못 먹고 수포 잡힌 이야기는 박형준의 주요한 원체험에 속한다. 전 시집의 「백열등이 켜진 빈집」 역시 이를 다루고 있다. 그에게 이 체험과 이것의 시화는 두 명의 아버지와 관련된다는 점에서 매우 중요한데, 드디어 「地平」에서 그들과의 상징적 절연을 선언하고 있는 것이다. 첫번째는 진짜 아버지이다. 시인은 이제 "마흔을 앞에 두고" 읍내 병원을 향해 달리던 아버지가 쉬기 위해 나를 잠시 올려놓았던 "들판에 솟아 있는 흰 돌"이 "삶이 어렵다고 느낄 때마다" "내 환각이 만들어낸 도피처"라는 것을 담담히 시인한다. 이제 그 삶의 향방이 어떻든 "내 설화"의 주인공은 내가 되지 않으면 안된다. 그것이 시간의 제일가는 폭력성이기도 하지만 또한 미덕이기도 한 것이다.

두번째는 미당(未堂) 서정주(徐廷柱)이다. 「地平」의 '들판의 둥근 돌' 이미지와 아버지는 미당의 「내가 여름 학질에 여러 직 앓아 영 못 쓰게 되면」(『질마재 신화』) 소재의 "산과 바다와 들녘과 마을로 통하는 외진 네갈림길에 놓인 널찍한 바위"와 학질에 걸린 미당을 거기에 얹어 버려둔 아버지와 여러모로 유사하다. 박형준의 표현대로, 그들의 아버지와 '돌/바위'는 그들의 설화를 가능케 한 기원이자 에너지('석유')요 보호처이자 도피처였던 것이다.

눈썰미 있는 이라면, 요 몇해 박형준의 시에서 미당의 그림자를 어렵지 않게 감득했을 것이다. 여기서 동향(同鄕)이나 독서체험 등을 검토하는 식으로 영향의 요인을 따지는 일은 그리 의미있는 작업이 못된다. 왜냐하면 예외적 개인에 속하는 선배 시인으로부터의 영향은 당연하기 때문이다. 오히려 중요한 것은 시적 영향에 대한 불안 속에서 선배 시인을 극복하거나 그의 세계와는 전혀 다른 세계를 창조하려는 끊임없는 노력이다. 나는 「地平」

을 그런 작업에의 상징적 선언이라고 이해한다.

미당은 마흔을 귀신이 보이는 나이라고 했다. 그렇다면 박형준은 마흔을 어떤 나이로 보고 있을까. 그는 「얼음 계곡」에서 자아로 상징되는 (꿈을 실현 못해) 동사한 노인의 가슴에서 이른 봄 나비떼가 "날아올랐다고/무심코 그 길을 지나가던 등산객의 방관을 조바심치며 기다리는,/중년으로 접어들고 있었다"고 적었다. 초월과 여유가 아니라 방관과 조바심이 앞장을 서가며 기다림을 종용하는 그런 열없는 중년으로 내게는 읽힌다. 여기에 내 마음의 일부가 뒤엉켜 있음을 부인하지는 않는다. 이른바 우리 386세대도 이미 속도와 효율의 제국이 시효 만료를 선언한 부품들에 속한 지 꽤 오래되었으므로.

그래서일까. 이번 시집에서 가장 이질적인, 따라서 새로운 세계로의 조금은 성급한 도약 같아 보이는 표제작 「춤」은 기대와 우려를 동시에 자아낸다.

살을 상상하는 동안
발톱이 점점 바람 무늬로 뒤덮인다
발 아래 움켜쥔 고독이
무게가 느껴지지 않아서
상공에 날개를 활짝 펴고

외침이 절해를 찢어놓으며
서녘 하늘에 날라다 퍼낸 꽃물이 몇동이일까

천길 절벽 아래
꽃파도가 인다

—「춤」 부분

목숨을 건 송골매의 첫 비행을 '춤'에 비유한 시다. 그
렇기 때문에 그 비행은 '고독'한 행위가 될 수밖에 없다.
하지만 그것을 견디고 가능케 하는 의지와 목적은 어떤
절대성으로서 "절벽의 꽃"이다.(송골매의 비행은 따라서
시인의 절대시를 향한 시작 행위로 상징 혹은 환원될 수
있다.)「춤」은 송골매와 같은 맹금류가 보여주는 비행시
의 직선미와 곡선미, 속도감 등을 그것들의 부감을 구체
화시키는 용언과 체언을 적절히 채용함으로써 극대화하
고 있다. 그러나「춤」의 핵심어라 할 '고독'과 일련의
'꽃' 관련 용어들은 그럼에도 어딘지 모르게 추상적이
다. 관념의 조작이 승하다고 할까. 그러다 보니 그의 시
의 장점이던 세밀한 관찰력과 사물에 대한 조응력이 상
당히 약화되었다는 느낌을 지울 수 없다.
  나는 그래서 그가 "내 삶에서 솟구치는 빛들 속에서 잠

깐 머물다간 흔적을 발견하는 일은, 내가 아직 이쪽의 삶에서 고통스런 온기를 느끼려는 안간힘이기도 하다"(「시작하면서」, 『저녁의 무늬』, 현대문학 2003)라고 했던 말을, 그가 어느 세계로 방향추를 옮기든 간에 늘 기억하기를 바란다. 왜냐하면 거기에는 '빛'을 꿈꾸게 하고 또 '빛'을 더욱 빛나게 하는 터널의 삶들이 사라지는 일 없이 후경으로 늘 등장할 터이므로. 그 후경이 짙을수록 우리가 쐬게 될 '빛'은 더욱 맑고 깊을 터이므로.

崔賢植 | 문학평론가

■

시인의 말

명성은 어떤 하얀 날개도 갖고 있지 않다고 말한 사람
은 발자끄이다. 시집에 그 구절을 갖다 썼으나 출처를 몰
라 밝히지 못했다. 신인에게 청탁해준 잡지사가 고마워
이틀 밤낮을 꼬박 시를 써서 보내고 나서야 전기밥솥에
쌀을 안치고 김이 모락모락 나는 밥솥을 바라보던 시절
이 있었다. 나는 그렇게 간절함 앞에서만 문득 무릎을 꿇
어야 하리라.

미흡한 시들을 묶어주신 창비에 깊이 감사를 드린다.

2005년 5월
박형준

창비시선 247

춤

초판 1쇄 발행/2005년 5월 20일
초판 6쇄 발행/2013년 11월 11일

지은이/박형준
펴낸이/강일우
편집/김정혜 문경미 안병률 강영규 김현숙
미술·조판/정효진 신혜원
펴낸곳/(주)창비
등록/1986년 8월 5일 제85호
주소/413-120 경기도 파주시 회동길 184
전화/031-955-3333
팩시밀리/영업 031-955-3399 · 편집 031-955-3400
홈페이지/www.changbi.com
전자우편/lit@changbi.com

ⓒ 박형준 2005
ISBN 978-89-364-2247-9 03810